ÇA S'EST PASSÉ DANS UN VILLAGE DU NOM DE YONAKI !
IL Y A PEUT-ÊTRE DES RENSEIGNEMENTS CRUCIAUX, LÀ-BAS...
YONAKI
MAIS BIZARREMENT, LES CARTES ACTUELLES NE FONT PLUS MENTION DE CET ENDROIT !!
QU'EST-CE QUE ÇA SIGNIFIE ?!
PAS LE TEMPS DE TOUT T'EXPLIQUER !
JE SUIS EN TRAIN DE RASSEMBLER LES INFOS QUE J'AI TROUVÉES...
CLIC
カチ
CLIC
カチ

CLIC
POUR TE LES ENVOYER PAR MAIL !
SERS-T'EN POUR TE RENDRE SUR PLACE ...
CLIC
ET DÉMASQUER LE ROI !!
ALLER À YONAKI, DÉCOUVRIR L'IDENTITÉ DU ROI ET VENIR EN AIDE À NOS CAMARADES ?
ÇA FAIT BEAUCOUP POUR UNE SEULE PERSONNE...
IMPOSSIBLE, JE N'Y ARRIVERAI PAS !!
JE SUIS AU BOUT DU ROULEAU...
PARDON, YÔSUKE...
JUSQU'À MAINTENANT, J'ÉTAIS PERSUADÉ D'ÊTRE CAPABLE DE VAINCRE LE ROI ET DE SAUVER TOUT LE MONDE...
MAIS C'EST SANS ESPOIR ! JE N'EN PEUX PLUS...

ALORS JE TE CONFIE LA SUITE ! JE SUIS SÛR QUE TU T'EN SORTIRAS TRÈS BIEN...
ET PUIS, TU POURRAS COMPTER SUR L'AIDE DE NAOYA...
DÉSOLÉ...
MAIS C'EST TROP TARD...
?!
JE N'EN AI PLUS POUR TRÈS LONGTEMPS...

EST-CE QUE...
PAR HASARD ...
TU AURAIS PLEURÉ ?

JE VOIS, ALORS MÊME ÇA, C'EST INTERDIT...
ÇA EXPLIQUE POURQUOI J'AI REÇU UN GAGE...
MAIS COMMENT PEUT-ON SUIVRE...
UNE RÈGLE PAREILLE ?!
YÔSUKE !
"J'AI UN SERVICE À TE DEMANDER..."
"SI JAMAIS IL M'ARRIVE QUELQUE CHOSE, J'AIMERAIS QUE TU VEILLES SUR KAORI À MA PLACE..."

LAISSE TOMBER ! ON S'EN FICHE DE CE VILLAGE, APRÈS TOUT !!
APPELLE IMMÉDIATEMENT KAORI !
VSH
À MOINS QUE ÇA TE SOIT ÉGAL DE TAIRE TES SENTIMENTS POUR ELLE ?!
SI ON VEUT ATTEINDRE LE ROI, CES INFOS SONT INDISPENSABLES !
CLIC
CLIC
C'EST NOTRE DERNIER ESPOIR !!

SAUF QUE TU N'AURAS PAS LE TEMPS DE...
ÇA NE FAIT RIEN !
MERCI POUR TOUT...
TRÈS BIEN...
JE VEILLE-RAI SUR KAORI...
À PLUS !
BIP

TAC
TAC
TAC
CLIC
CLIC
NOUVEAU MES
ENVOI
To: NOBUAKI KANA
Title: YONAKI
From: YÔSUKE UEDA
ÇA Y EST, J'AI RASSEMBLÉ TOUTES LES DONNÉES... IL NE ME RESTE PLUS QU'À LES ENVOYER !
BRRR
QU...
BRRR
?!

VRSH
VRSH
AAAH!
VSH
VSH

SPROTCH
AAARGH!
FUIT
FUIT
GH...

GH...
AAAH...
FSHHH
NOUVEAU MESSAGE
ENVOI
To: BUAKI KANAZAWA
Title: YONAKI
From: YÔSUKE UEDA

HAN
NON ! JE NE PEUX PAS MOURIR MAINTENANT ...
HAN
HAN
TXT
YONAKI
PAS AVANT D'AVOIR ENVOYÉ CE MAIL !
HAN
HAN
HAN

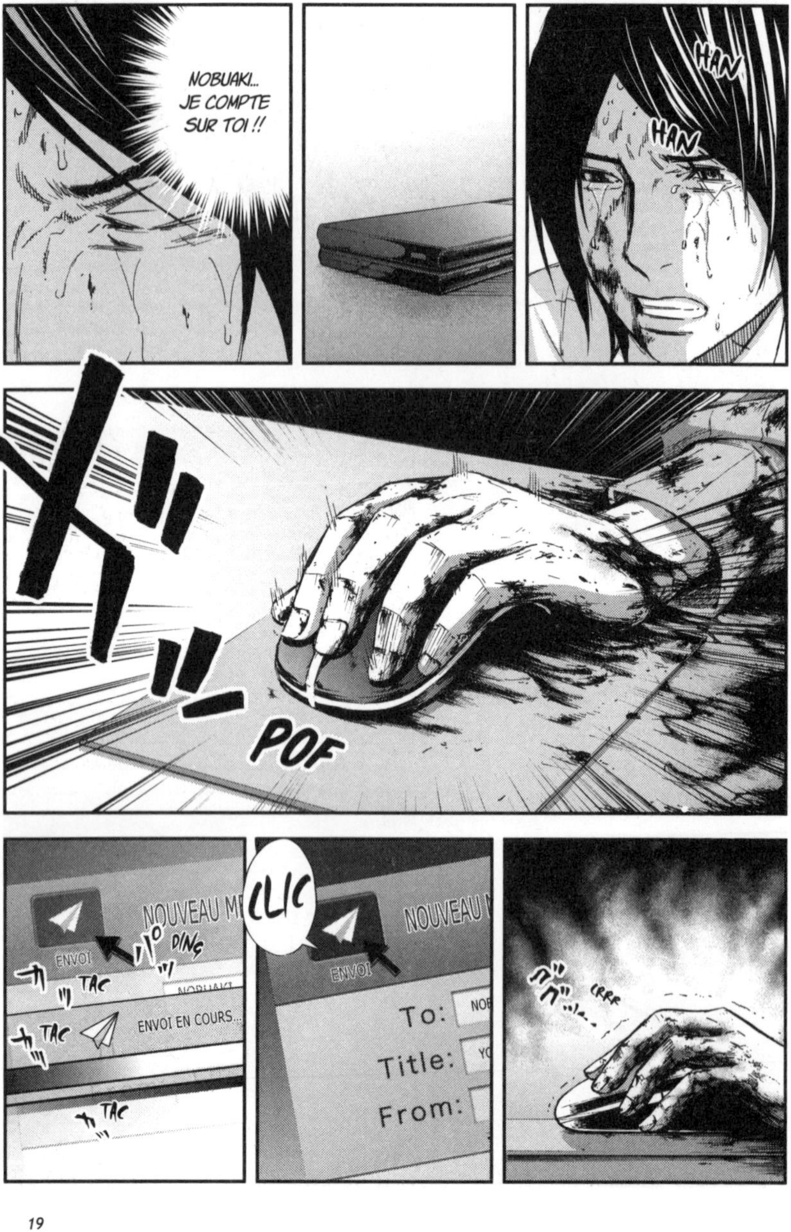
NOBUAKI... JE COMPTE SUR TOI !!
HAN
HAN
POF
NOUVEAU M
ENVOI
DING
TAC
ENVOI EN COURS...
TAC
TAC
CLIC
NOUVEAU M
ENVOI
To:
Title:
From:
CRRR

MESSAGE ENVOYÉ
YÔSUKE UEDA
BIP
HAN
HAN
HAN
HAN
HAN
HAN
FSH
TAC

JE VEUX ENTENDRE TA VOIX UNE DERNIÈRE FOIS, KAORI !
HAN
HAN
HAN
BIP
BIP
BIP
BRRR
AAAH !
PAF
CRAC
CRAC

SPLASH
AAAAH!!
VRSH
VRSH
AAAAH...
GH...
GH...
HAN
HAN
HAN
HAN

ズル
ズ
FSH
ズ…
PLAF
ペチャ

K... KAORI...

CRR
CRR
CRAC

AAAAH!
SPROTCH
PLAF
BAM
TAC
KAORI
090-XXXX-XXXX

BIP
BIP
1 MESSAGE REÇU
BRR
NE PLEURE PAS !
SURTOUT, NE VERSE PAS UNE LARME !
ALLEZ, CONCENTRE-TOI !!

YÔSUKE SAVAIT QU'IL ALLAIT MOURIR...
CRR
MAIS IL A QUAND MÊME CONSACRÉ SES DERNIERS INSTANTS À NOUS AIDER...
PLUTÔT QUE DE PARLER UNE DERNIÈRE FOIS À CELLE QU'IL AIMAIT !
EST-CE QUE J'AURAIS ÉTÉ CAPABLE DE FAIRE PAREIL, À SA PLACE ? PROBABLEMENT PAS...
J'ÉTAIS PRÊT À JETER L'ÉPONGE SIMPLEMENT POUR NE PLUS SOUFFRIR...
IL Y A ENCORE DE L'ESPOIR !!
TAC
TAC
ALORS QUE LUI, IL S'EST BATTU JUSQU'AU BOUT ! JE NE SUIS PAS DIGNE DE SA CONFIANCE...
CRUCIAL !!

グ
ググ
CRRR

VSH
HORS DE QUESTION QUE LES EFFORTS DE YÔSUKE SOIENT RÉDUITS À NÉANT...
MÊME SI C'EST DUR ET QUE JE SOUFFRE...
MÊME SI UN SORT PIRE QUE LA MORT M'ATTEND...

JE ME BATTRAI...
CONTRE LE ROI !!
TAP
TAP
MAIS D'ABORD, JE DOIS M'ASSURER QUE CHIEMI VA BIEN...

HAN
HAN
FLOP
フラッ
TAC
ガタッ
PLAF
HAN
路線図
HAN
HAN
HAN
HAN
HAN
HAN
NOBUAKI ?!
QU'EST-CE QUE TU FAIS LÀ ?!

MON DIEU...
QU'EST-CE QUI T'EST ARRIVÉ ?!
CHIEMI !!
MAIS TU ES BLESSÉ !
C'EST QUOI, TOUT CE SANG ?
EUH ...
JE...
EST-CE QUE TOUT VA BIEN ?

TU ES EN VIE !
TU N'IMAGINES PAS...
COMME JE SUIS SOULAGÉ !!
AH... PARDON !
FUIT
UN PROBLÈME ?
BON SANG... J'ETAIS A DEUX DOIGTS DE FONDRE EN LARMES !
COURAGE, CALME-TOI...
GH...
ALORS, TU T'AMUSES BIEN ?

RIA ?!
KAORI ?! MAMI ?!
MAIS...
QU'EST-CE QUE VOUS FABRIQUEZ ICI ?!

JE POURRAIS TE RETOURNER LA QUESTION ! ET POURQUOI TU ES EN SANG, D'ABORD ?
HEIN ?!
JE CHERCHAIS CHIEMI, RIEN D'AUTRE !
OÙ EST-CE QUE TU ÉTAIS PASSÉE ? J'AVAIS BEAU T'APPELER, JE TOMBAIS TOU-JOURS SUR TON RÉPON-DEUR !
EUH ...
EH BIEN ...
ELLE N'A PAS SON POR-TABLE SUR ELLE...
ET NOUS NON PLUS, D'AILLEURS ! ON NOUS LES A PIQUÉS...
QUOI ?!
VOUS AVEZ UNE IDÉE DE QUI A PU FAIRE ÇA ?!

C'EST MOI !
...
EXACT, MÊME QUE CETTE SALE VOLEUSE...
NOUS A LAISSÉ UN MOT COMME QUOI ON DEVAIT VENIR ICI À MINUIT SI ON VOULAIT RÉCUPÉRER NOS TÉLÉ-PHONES...

ET ELLE NOUS A MENACÉES DE LES CASSER SI ON RACONTAIT ÇA À QUI QUE CE SOIT !
COMME SANS EUX, ON RECEVRA UN GAGE À COUP SÛR...
ON ÉTAIT OBLIGÉES D'OBÉIR À CETTE CINGLÉE !
EXPLIQUE-TOI, RIA !
POURQUOI EST-CE QUE TU TENAIS TANT À LES RASSEMBLER ICI, TOUTES LES TROIS ?!
RÉPONDS !

JE VEUX BIEN TE PARLER, MAIS EN PRIVÉ !
TU PLAISANTES, J'ESPÈRE ! T'AS PAS BIENTÔT FINI DE NOUS PRENDRE POUR DES IMBÉ-CILES ?!
C'EST QUOI, TON RAISONNE-MENT ?!
TU DEVRAIS NOUS METTRE AU COURANT EN PREMIER !!
SILENCE ...
LAISSE-NOUS SEULS, SI TU TIENS À TON PORTABLE !
QU...
TSS ...

HÉ HÉ… LA PARTIE DEVIENT VRAIMENT PALPITANTE, TU NE TROUVES PAS ?
TON ATTITUDE COMMENCE À ME TAPER SUR LES NERFS…
VIDE TON SAC, ET EN VITESSE !
LES ÉVÉNEMENTS PRENNENT UNE TOURNURE FASCINANTE, TU DEVRAIS EN PROFITER !
ÇA SUFFIT ! EST-CE QUE TU AS SEULEMENT CONSCIENCE DE CE QUI SE PASSE ?!
PLOF

À PROPOS ...
QUI EST-CE QUE TU SOUPÇONNES D'ÊTRE LE ROI ?
?!
TU DISAIS VOULOIR LE DÉMASQUER À TA MANIÈRE...
J'IMAGINE QUE DEPUIS LE TEMPS, TU DOIS BIEN AVOIR QUELQU'UN EN VUE !
QUI JE SUSPECTE ?!
N'ESSAIE PAS DE CHANGER DE SUJET !
JE VEUX SAVOIR POURQUOI TU AS CONVOQUÉ CHIEMI ET LES AUTRES !

ET SI JE TE RÉPONDAIS QUE J'AI RÉDUIT MA LISTE DE SUSPECTS À TROIS PERSONNES ?!
COMMENT ÇA ?!
TU VEUX DIRE QUE...

OUI !
CHIEMI...
KAORI...
MAMI...
L'UNE DE CES FILLES EST LE ROI...
QU...
J'AI VOLÉ LEURS PORTABLES PARCE QUE JE VOULAIS LES EXAMINER...
J'EN SUIS SÛRE À 100 % !
ET JE LES AI FAIT VENIR ICI POUR OBSERVER LEURS RÉACTIONS !

PLOF
QU'EST-CE QUE TU RACONTES ?!
CHIEMI NE PEUT PAS ÊTRE LE ROI !
S'IL Y A UNE CHOSE DONT JE SUIS SÛR, C'EST BIEN CELLE-LÀ !!
TU N'AS QUAND MÊME PAS OUBLIÉ...
QUE NAMI S'EST SACRIFIÉE POUR PROUVER QUE LE COUPABLE N'ÉTAIT PAS DANS NOTRE CLASSE ?!
ET PAS LA PEINE DE JOUER SUR LES MOTS COMME LA DERNIÈRE FOIS !
FSH
?!
JE SUIS DANS LA CLASSE.
EXISTE UN MOYEN DE ME TROUVE
HAÏSSEZ-VOUS LES UNS LES AUTRES.
--END--
J'AI MIS LA MAIN SUR UN INDICE QUI RÉSOUT LA CONTRADICTION ENTRE L'ORDRE QU'ELLE A REÇU ET CE MESSAGE...
GRÂCE À CES PORTABLES, J'AI D'AILLEURS FAIT QUELQUES DÉCOUVERTES INTÉRESSANTES...
LE FAIT EST QUE LE ROI SE TROUVE BEL ET BIEN DANS NOTRE CLASSE !
CLAP

IL Y A UNE FORTE PROBABILITÉ QUE CE SOIT CHIEMI LA COUPABLE !
QUOI ?!
CRR
PAF

PASSE-MOI LES PORTABLES...
TU N'EN AS PLUS BESOIN, J'IMAGINE !
FRSH
FRSH
RENDS-LES AUX FILLES SI TU VEUX, MAIS DEMANDE-TOI SI C'EST VRAIMENT UNE BONNE IDÉE !
ELLES RISQUENT DE RECEVOIR UN GAGE, SI ELLES REGARDENT LEURS MESSAGES...
FSH
?!
TU AVAIS COMPRIS LE SENS DE L'ORDRE D'AUJOURD'HUI ?!
ÉVIDEMMENT ! C'EST FACILE À DEVINER, POUR PEU QU'ON RÉFLÉCHISSE AUX INTENTIONS DU ROI...
ESPÈCE D'ORDURE...

MAIS ALORS POURQUOI TU N'AS PRÉVENU PERSONNE ?!
QUESTION STUPIDE...
T'AS DIT QUOI, LÀ ?!
SI J'EN AVAIS PARLÉ, QUI M'AURAIT CRUE, À TON AVIS ?
TOI PAR EXEMPLE, EST-CE QUE TU M'AS ÉCOUTÉE ? NON...
ET COMME CONTRAIRE-MENT À MOI TU FAIS TOUT POUR AIDER LES AUTRES ...
ILS EN PROFITENT EN TE LAISSANT LE SOIN DE RÉ-FLÉCHIR ET DE PRENDRE LES DÉCISIONS À LEUR PLACE !
CES MINABLES QUI ONT REJETÉ TOUTES LEURS RESPON-SABILITÉS SUR TOI ...
SONT INCAPABLES DE SURVIVRE SANS TON AIDE, ET ILS VONT T'EN VOULOIR POUR ÇA !
TU SOUS-ENTENDS QUE JE DEVRAIS LES LAISSER SE FAIRE TUER ?!

LES DÉCHETS RESTENT DES DÉCHETS QUOI QU'IL ARRIVE... TU AURAS BEAU LEUR PORTER SECOURS, ILS FINIRONT PAR DISPARAÎTRE ...
LAISSE TOMBER CETTE CAUSE PERDUE !
DÉCIDÉ-MENT, TOI ET MOI, ON N'EST PAS FAITS POUR S'ENTEN-DRE...

ME VOILÀ ! DÉSOLÉ POUR L'ATTENTE...
HEIN ?!
J'AI RÉCUPÉRÉ VOS POR-TABLES !
MAIS AVANT DE VOUS LES RENDRE, JE DOIS VOUS METTRE EN GARDE...
À PROPOS DE QUOI ?!

¥120
EH BIEN...
DE L'ORDRE D'AUJOURD'HUI !
EN GROS, PLEURER...
ÉQUIVAUT À RECEVOIR UN GAGE...
ALORS RETENEZ VOS LARMES À TOUT PRIX !
...
QUOI ?

PLUSIEURS D'ENTRE NOUS ONT DÉJÀ ÉTÉ ÉLIMINÉS, FAUTE D'AVOIR PU OBÉIR...
ET CHAQUE DÉCÈS EN A ENTRAÎNÉ D'AUTRES...
C'EST UN CERCLE VICIEUX !
À QUI C'EST ARRIVÉ ?! DIS-LE-NOUS !
IL VAUT MIEUX...
QUE VOUS L'IGNORIEZ, POUR L'INSTANT...
SI VOUS APPRENEZ LA MORT D'UN AMI, VOUS RISQUEZ DE SUBIR LE MÊME SORT QUE LUI !

SURTOUT, NE REGARDEZ PAS VOS MESSAGES ET N'APPELEZ PERSONNE JUSQU'AU PROCHAIN ORDRE !
ON NE PEUT PAS COURIR LE RISQUE QUE QUELQU'UN PLEURE...
VOILÀ VOS PORTABLES !
TIENS, CHIEMI ! CELUI-LÀ EST À MAMI...
ALLEZ, GROUILLE-TOI !
CLAP
BIP
BIP
QU'EST-CE QUE TU FABRIQUES ?!
BIP
BIP
TU AS ÉCOUTÉ CE QUE JE VIENS DE DIRE ?!
BIP
BIP
BIP

TU AS EFFACÉ TOUS LES MAILS QUE J'AI REÇUS AUJOURD'HUI ?!
QU'EST-CE QUI T'A PRIS DE FAIRE ÇA ?!
QUOI ?!
DÉSOLÉ, MAIS J'AI FAIT CE QUI ÉTAIT LE MIEUX POUR VOUS...
VOUS NE DEVEZ VOIR LES ANNONCES DE GAGES SOUS AUCUN PRÉTEXTE !

TU PLAISANTES, J'ESPÈRE !
COMMENT EST-CE QU'ON POURRAIT NE PAS VOULOIR LES LIRE, DANS CETTE SITUATION ?!
JE N'EN REVIENS PAS QUE TU NOUS AIES FAIT UN COUP PAREIL !
ET D'ABORD, QU'EST-CE QUE VOUS VOUS ÊTES RACONTÉ, AVEC RIA ?!
TU NE NOUS AS TOUJOURS PAS EXPLIQUÉ POURQUOI ELLE NOUS AVAIT PIQUÉ NOS TÉLÉPHONES !
...
RIA EST CONVAINCUE QUE LE ROI EST L'UNE D'ENTRE VOUS...
ELLE A VOLÉ VOS PORTABLES POUR EN SAVOIR PLUS !

ARRÊTE DE ME PRENDRE POUR UNE IDIOTE !
JE SAIS QUE VOUS MANIGANCEZ QUELQUE CHOSE, TOUS LES DEUX !
CRACHE LE MORCEAU, ET QUE ÇA SAUTE !
N'IMPORTE QUOI !
QUEL INTÉRÊT J'AURAIS À...
PUISQU'IL LE FAUT, JE VAIS ÊTRE FRANCHE...
C'EST TOI QUE JE SOUPÇONNE...
D'ÊTRE LE ROI !!

QU…
MOI…
LE ROI ?!
ET JE NE SUIS PAS LA SEULE A LE PENSER, BEAUCOUP SONT DE CET AVIS !
MAIS POUR-QUOI ?!
C'EST FAUX !
ÇA NE TIENT PAS DE-BOUT !

MAIS CE QUI EST SÛR, C'EST QUE CE JEU ET SES CONSÉ-QUENCES SONT BIEN RÉELS !!
QUI DE NOUS TOUS A SUGGÉRÉ EN PREMIER QUE CE JEU N'ÉTAIT PAS DU FLAN ?!
JE...
QUI A POUSSÉ KANA AU SUICIDE AVEC DES MÉTHODES DOUTEU-SES ?!
QUI A TUÉ AKIRA ?!
PLAF
TAP

CE N'EST PAS...
CE QUE TU CROIS ...
EST-CE QUE TU N'AURAIS PAS DEMANDÉ À NAMI DE DEVENIR LA PERSONNE QUI T'ÉTAIT CHÈRE ?
PEUT-ÊTRE MÊME QUE TU AS TUÉ CETTE FILLE SANS DÉFENSE EN MAQUILLANT SA MORT EN SUICIDE !
QUAND ON REPENSE À TOUT CE QUI S'EST PASSÉ JUSQU'À MAIN-TENANT...
TU ES LE SUSPECT NUMÉRO UN !!

ME BALANCER ÇA À LA FIGURE...
ALORS QUE JE HAIS LE ROI À UN POINT INIMAGINABLE...
POURQUOI...
EST-CE QUE C'EST MOI...
CRRR
QU'ON ACCUSE ?!

NOBUAKI NE PEUT PAS ÊTRE LE COUPABLE !!
AS-TU LA MOINDRE IDÉE DE LA PEINE QU'IL A RES-SENTIE...
À CHAQUE FOIS QU'IL A ÉTÉ OBLIGÉ DE PRENDRE DES DÉCISIONS DIFFICILES ?!
QU...

QU'EST-CE QUI T'A PRIS DE ME FRAP-PER, PAUVRE GOURDE ?!
PAF
ET POUR RÉPONDRE À TA QUESTION, NON, JE N'EN SAIS RIEN !
DOM
DANS CE CAS, GARDE TES OPINIONS POUR TOI !!
ET EN CE QUI CONCERNE NAMI...
J... J'AI CON-FIANCE EN NO-BUAKI !

OK, ON A COMPRIS...
ALORS ARRÊTEZ, TOUTES LES DEUX !!
CE N'EST PAS LE MOMENT DE CRAQUER ET DE VERSER DES LARMES !
VOUS DEVEZ GARDER VOTRE CALME !
MAIS ELLE T'ACCUSE D'ÊTRE LE ROI... D'AVOIR TUÉ LES AUTRES !
PEU IMPORTE... TANT QUE TU CROIS EN MOI, JE ME FICHE QU'ON ME CASSE DU SUCRE SUR LE DOS !
BEURK, ÇA ME FILE LA GERBE ! COMMENT EST-CE QUE TU PEUX FAIRE LES YEUX DOUX À UN MONSTRE PAREIL ?!
COMPTE SUR MOI POUR LUI ARRACHER SON MASQUE TRÈS BIENTÔT !
ATTENDS !
N'OUBLIE PAS CE QUE J'AI DIT : RETIENS-TOI DE PLEURER...
ET NE CONTACTE PERSONNE !

AU FAIT ...
EST-CE QUE YÔSUKE VA BIEN ?
NE ME DIS PAS QUE...
BIEN SÛR, NE T'INQUIÈTE PAS...
MAIS IL VAUT MIEUX NE PAS LE DÉRANGER AUJOURD'HUI !

JE ME CHARGE DE PRÉVENIR LES AUTRES QU'ILS N'ONT PLUS À SE FAIRE DU SOUCI POUR VOUS !
D'AC-CORD !
JE NE DOIS SURTOUT PAS LEUR PARLER DE CE QUI EST ARRIVÉ À YÔSUKE, À EMI ET AUX AUTRES...
SI ELLES SAVAIENT, ELLES CRAQUERAIENT À COUP SÛR !
...
JUREZ-MOI DE NE CHERCHER À CONTACTER PERSONNE À PART NAOYA ET MOI...
MAIS AU MOINDRE PROBLÈME, N'HÉSITEZ PAS À NOUS APPELER !
COMPRIS !
AH, J'ALLAIS OUBLIER ! J'AI UNE BONNE NOUVELLE...
ON A UNE PISTE SÉRIEUSE CONCERNANT LE ROI !
VRAIMENT ?!

NOUVEAU MESSAGE
ENVOI
To: NOBUAKI KANAZAW
Title: YONAKI
From: YÔSUKE UEDA
TXT
YONAKI
YONAKI
JE LEUR AI ANNONCÉ QUE YÔSUKE AVAIT DÉCOUVERT UN VILLAGE OÙ IL S'ÉTAIT PRODUIT DES ÉVÉNEMENTS SIMILAIRES...
ET QUE J'ALLAIS ME RENDRE SUR PLACE DÈS QUE POSSIBLE POUR CHERCHER DES INDICES !
KAORI AVAIT L'AIR PRÉOCCUPÉE...
OUI...
ELLE S'INQUIÈTE SANS DOUTE POUR YÔSUKE !

AU FAIT, MERCI DE M'AVOIR SOUTENU, TOUT À L'HEURE…
MAMI N'AURAIT PAS DÛ DIRE DES CHOSES PAREILLES…
C'EST LA PREMIÈRE FOIS QUE JE TE VOYAIS EN COLÈRE À CE POINT !
ALORS QUE TU RISQUES TA VIE POUR NOUS !
MÊME SI ELLE AIMERAIT SAVOIR POURQUOI J'AI ROMPU AVEC ELLE ET CE QUI S'EST PASSÉ AVEC NAMI…
ELLE ACCEPTE DE ME FAIRE CONFIANCE ET SE RETIENT DE ME POSER LA QUESTION !
TU PEUX ME LAISSER LÀ !
D'ACCORD…
NOBUAKI…
OK…
PROMETS-MOI D'ÊTRE PRUDENT !
MAIS JE DOIS À TOUT PRIX TROUVER UNE PISTE !

J'AIMERAIS TELLEMENT T'AVOUER À NOUVEAU CE QUE JE RES-SENS...
À PLUS TARD, ALORS !
LÀ, TOUT DE SUITE...
MAIS ÇA DEVRA ATTENDRE QUE TOUT SOIT TERMINÉ !

ガチャ
CLAC
C'EST MOI !
ÇA N'A PAS L'AIR D'ALLER FORT...
J'AI MIS NAOYA AU COURANT DE LA PISTE QUE YOSUKE NOUS AVAIT LAISSÉE AVANT DE MOURIR...
DE MA RENCONTRE INOPINÉE AVEC LES FILLES, DES RECHERCHES DE RIA SUR LEURS PORTABLES, ET DU FAIT QU'ON ME SOUPÇONNAIT D'ÊTRE LE ROI...

PSCHT
ジョロ
PSCHT
ジョロ
AÏE, ÇA BRÛLE !
VSH
おでん
TAP
スタ
TAP
スタ

ET VOILÀ !
AÏE !
TANT MIEUX SI CHIEMI VA BIEN !
OUI, MAIS...
TIENS... IL FAUT QUE TU MANGES !
NON MERCI, JE N'AI PAS FAIM...

SI TU COMPTES TE RENDRE À YONAKI, TU DOIS REPRENDRE DES FORCES...
ET RE-GARDE ...
?
ON VA N'EN FAIRE QU'UNE BOUCHÉE ...
DE CET ENFOIRÉ DE ROI !!
KING NOODLE
キングラーメン
IL N'Y A QUE TOI POUR SORTIR UN TRUC AUSSI DÉBILE DANS UNE SITUATION PAREILLE !
HA HA !
SACRÉ NAOYA, VA...

TU LÂCHES ENFIN UN SOURIRE... PAS TROP TÔT !
SI ON NE GARDE PAS LE MORAL, C'EST NOUS QUI ALLONS NOUS FAIRE BOUFFER...
C'EST JUSTEMENT DANS DES MOMENTS COMME CELUI-LÀ QU'IL FAUT RIRE !
FSH
TU NE CROIS PAS ?
C'EST VRAI ! ET PUIS, ÇA FAIT UNE ÉTERNITÉ QUE JE NE M'ÉTAIS PAS MARRÉ...
AVANT LE DÉBUT DU JEU, ON RIGOLAIT TOUS LES JOURS, POURTANT...
TWELVE
ATM

BON, QU'EST-CE QU'ON ATTEND POUR LE BOUFFER, CE ROI ?!
CRAC
OK, À L'ATTAQUE !
JE VAIS LUI RÉGLER SON COMPTE !
CHOMP
CHOMP
SLURP
CHOMP
CHOMP
TROP BON !
MANGER DES CUP NOODLES DEHORS, C'EST LE TOP !
SLURP
SLURP
SLURP

IL S'EST PASSÉ TELLEMENT DE CHOSES QUE JE NE SAIS PLUS OÙ J'EN SUIS... ON DEVRAIT FAIRE LE POINT SUR LA SITUATION !
OK !
CLAP
パカッ
KING NOODLE
KING NOODLE
BIP
COMMEN-ÇONS PAR YONAKI !
AUCUNE CARTE OFFICIELLE NE MENTIONNE SON EXISTENCE... ET LES SOURCES STANDARD N'EN PARLENT PAS NON PLUS...
COMMENT ÇA SE FAIT ?
BIP
AUCUNE IDÉE ! C'EST COMME SI QUELQU'UN AVAIT VOULU QUE CE VILLAGE DISPA-RAISSE...
MAIS D'APRÈS YÔSUKE, UN JEU DU ROI A EU LIEU À CET ENDROIT ...
ET IL EST PARVENU À LE LOCALISER !
PEUT-ÊTRE QU'IL Y A LÀ-BAS UN SECRET QUE LE ROI CHERCHE À CACHER...

JE ME FIE À YÔSUKE, POUR ÇA...
UNE PARTIE DE LA VÉRITÉ SE TROUVE À YONAKI !
LE TRAJET DURE UNE DIZAINE D'HEURES...
MÊME EN PRENANT LE PREMIER TRAIN, JE N'ARRIVERAI QU'EN DÉBUT DE SOIRÉE ...
N'OUBLIONS PAS NON PLUS NOTRE AUTRE PISTE...
LES LETTRES TROUVÉES SUR LES PORTABLES !
AH OUI... MÊME SI C'ÉTAIT DOULOUREUX, J'AI FAIT UNE LISTE DES INFOS DONT ON DISPOSE !
FRSH
FRSH
FRSH

1 SHINGO ADACHI (I)
2 TOSHIYUKI ABE ( )
3 SATOMI ISHII (RIA)
4 HIROFUMI INOUE ( )
5 YÛKO IMOTO ( )
6 RIA IWAMURA ( )
7 MAKI IWAMOTO (D)
8 YÔSUKE UEDA ( )
ANA UEDA (RIA)
MOTOKI USHIJIMA (A)
AKIRA ÔNO (E)
NOBUAKI KANAZAWA ( )
YÛSUKE KAWAKAMI ( )
14 CHIA KAWANO ( )
15 AKEMI KINOSHITA ( )
MAMI SHIROKAWA ( )
17 DAISUKE TASAKI (O)
18 HIDEKI TOYODA (RIA)
19 MINAKO NAKAO ( )
20 MISAKI NAKAJIMA ( )
21 NAOYA HASHIMOTO ( )
22 NAMI HIRANO (N)
23 TOSHIYUKI FUJIOKA ( )
24 CHIEMI HONDA ( )
25 YOSHIFUMI MATSUSHIMA ( )
26 MASAMI MATSUMOTO (
27 KAORI MARUOKA (
28 YÛSUKE MIZUUCHI (
EMI MIYAZAKI ( )
30 SHÔTA YAHIRO ( )
31 HIROKO YAMAGUCHI ( )
32 KEITA YAMASHITA ( )
J'AI INSCRIT ENTRE PAREN-THÈSES LES LETTRES QU'ON CONNAÎT...
ET MARQUÉ "RIA" QUAND C'EST ELLE QUI LES A !
SUR 32 ÉLÈVES, IL NE RESTE PLUS...

QUE 13
SURVIVANTS !!

ET PARMI NOUS SE TROUVE LE ROI...
UN DÉMON AYANT PRIS FIGURE HUMAINE POUR JOUER AVEC NOS VIES !
PERSO, C'EST RIA QUI ME SEMBLE LA PLUS SUS-PECTE...
ELLE PARLE COMME UNE PSYCHO-PATHE...
ET ELLE EST ÉTONNAMMENT CALÉE SUR LE JEU DU ROI !

...
C'EST VRAI QUE SA FAÇON DE SE COMPORTER EST ABJECTE...
IL N'EXISTE PAS DE JEU PLUS PUR QU'UN COMBAT À MORT.
SEULEMENT...
JE SUIS PRÊTE À TOUT POU VAINCRE LE ROI.
J'AI L'IMPRESSION QU'ELLE A SES PROPRES OBJECTIFS !
ET SI C'ÉTAIT MAMI, DANS CE CAS ?!
C'EST TOI QUE JE SOUPÇONNE...
D'ÊTRE LE ROI !!
PEUT-ÊTRE QU'ELLE T'ACCUSE POUR SEMER LA DISCORDE PARMI NOUS !!
NON... JE RECONNAIS QUE SES PAROLES M'ONT FAIT UN SACRÉ CHOC...
MAIS AU POINT OÙ ON EN EST, ÇA NE PROUVE RIEN !

AH...
PARDON !
MAINTENANT QUE TU LE DIS, UN DES MESSAGES DU ROI NOUS INVITAIT À NOUS HAÏR LES UNS LES AUTRES...
JE ME DEMANDE ...
SI ON N'EST PAS...
EN TRAIN D'ENTRER DANS SON JEU !
...
ペットボトル

À L'HEURE ACTUELLE, YONAKI ET LES MESSAGES NON ENVOYÉS SONT NOS SEULS INDICES !
YONAKI
ONIE
JE VAIS ME RENDRE SEUL AU VILLAGE...
PENDANT CE TEMPS, J'AIMERAIS QUE TU RÉCUPÈRES LES LETTRES QUI NOUS MAN-QUENT AVANT RIA !
ELLE AUSSI VA SÛREMENT CHERCHER À METTRE LA MAIN DES-SUS...
POUR ÇA, PAS DE SOUCI, TU PEUX COMPTER SUR MOI !
MAIS POUR LE RESTE, JE NE SUIS PAS RAS-SURÉ...

AVEC TOUTES CES MORTS ÉTRANGES QUI N'ARRÊTENT PAS DE SE PRODUIRE...
ET TOI QUI T'ABSENTES PLUS D'UNE DEMI-JOURNÉE POUR TROUVER DES INDICES QUI N'EXISTENT PEUT-ÊTRE MÊME PAS...
JE NE SAIS PAS POURQUOI, MAIS J'AI UN MAUVAIS PRESSENTIMENT !
YÔSUKE A TOUT MISÉ SUR CE VILLAGE POUR NOUS DONNER UN ESPOIR...
J'AI LE DEVOIR D'ALLER LÀ-BAS, MÊME SI C'EST L'ENFER QUI M'Y ATTEND !

BON, C'EST BIENTÔT L'HEURE ...
CLAC
パン
CLAC
パン
SOIS PRU-DENT ...
NE T'EN FAIS PAS, TOUT IRA BIEN !

JE T'INTERDIS DE MOURIR, OK ?!
VSH
PAREIL POUR TOI... JE NE TE LE PARDONNERAIS PAS !
AH, J'OUBLIAIS... J'AI UN TRUC POUR TOI !
FRSH
?
?!
J'AI ESSAYÉ DE LE RÉPARER AVEC UNE PINCE À LONG BEC...
TU Y TIENS, À CE BRACELET, PAS VRAI ?

MERCI, NAOYA !
OUI... ÉNORMÉ-MENT !

FSH
ASSEZ TRAÎNÉ, J'Y VAIS !
TOUT LE MONDE COMPTE SUR TOI !
BIP BIP
VRRR
ON A REÇU UN MESSAGE EN MÊME TEMPS ?!
VRRR
ÇA NE PEUT VOULOIR DIRE QU'UNE CHOSE...

CRRR
MAIS COMMENT C'EST POS-SIBLE ?
ON AVAIT POURTANT PRÉVENU TOUTE LA CLASSE !
VAS-Y, LIS...
BIP

29/10 03:42
ROI
JEU DU ROI
L'ÉLÈVE Nº 16, MAMI SHIROKAWA,
EST CONDAMNÉE À LA DÉCAPITATION
POUR NE PAS AVOIR EXÉCUTÉ LES
C'EST ABSURDE !
CONDAMNÉE À LA DÉC
NE PAS AVOIR EXÉC
ORDRES DU ROI.
-- END --
POURQUOI ELLE ?!

MAMI A UN GAGE ?!
C'EST LE CAS ! J'AI MÊME EFFACÉ TOUS LES MAILS QU'ELLE AVAIT REÇUS AUJOURD'HUI !
MAIS COMMENT ÇA SE FAIT ?!
JE CROYAIS QUE TU L'AVAIS MISE AU COURANT DE L'ORDRE !
ALORS QU'EST-CE QUI S'EST PASSÉ ?!
TRILILI

APPEL
MAMI
TRILILI
TU FERAIS MIEUX DE NE PAS DÉCROCHER ! SI TU LUI PARLES, TOI AUSSI TU RISQUES DE...
TRILILI
C'EST PEUT-ÊTRE LE DERNIER COUP DE FIL QU'ELLE PASSERA...
JE DOIS RÉPONDRE !
TRILILI
BIP
ALLÔ ...

ANNULE TOUT DE SUITE MON GAGE, TU ENTENDS ?!
JE TE RÉPÈTE QUE JE NE SUIS PAS LE ROI !
CE N'EST PAS EN MON POUVOIR DE FAIRE ÇA !
JE SUIS AU COURANT DE TOUTES LES MORTS...
ALORS PAS LA PEINE DE JOUER LES IGNO-RANTS !
PLIC
PLIC
PLIC
ET PUIS, QUI ÇA POURRAIT ÊTRE, À PART TOI ?!
!

AAAH ! QU...
AAH !
QU'EST-CE QUI M'ARRIVE ?!
DU SANG !
NON ...

MAMI, QU'EST-CE QUI SE PASSE ?!
RÉPONDS !!

TWELVE
たばこ
酒
ATM
FSH
PARDON DE NE PAS AVOIR PU TE SAUVER !
SI J'AVAIS MIEUX GÉRÉ LA SITUATION, TU SERAIS PEUT-ÊTRE ENCORE EN VIE...
GH...
CRRR
FSH

CROA
FRSH
FRSH
CROA
GARE DE TAMAOKA SUD
CLONG
ZZZ
ÇA VA, JEUNE HOMME ?
AH !

創作割烹 赤太郎
GUICHET
DÉSOLÉ POUR TOUT À L'HEURE... JE VOUDRAIS UN ALLER SIMPLE POUR LA GARE DE XX, DANS LA PRÉFECTURE DE XX !
BIEN, UN INSTANT S'IL VOUS PLAÎT...
VOILÀ VOTRE BILLET ...
DITES DONC, CE N'EST PAS LA PORTE À CÔTÉ... JE VOUS SOUHAITE BON COURAGE !
EN EFFET ...
MERCI BEAUCOUP !
DU COURAGE, IL VA M'EN FALLOIR...
TITRE DE TRANSPORT
TAMAOKA SUD → XX
DÉPART : 29/10 04:45
J'ESSAIE DE ME RENDRE DANS UN VILLAGE FANTÔME QUI N'EST INDIQUÉ SUR AUCUNE CARTE...
ET QUI EST CENSÉ AVOIR ÉTÉ LE THÉÂTRE D'ÉVÉNEMENTS MONSTRUEUX !

BIP
YOSHIFUMI A REÇU UN GAGE, LUI AUSSI...
CONDAMNÉ À LA MORT PAR ASPHYXIE POUR NE PAS AVOIR EXÉCUTÉ LES ORDRES DU ROI.
IL A SANS DOUTE DÛ CRAQUER...
CLAP
NE PAS PLEURER... PLUS FACILE À DIRE QU'À FAIRE !

VRRR
VRRR
MAIS POURQUOI EST-CE QU'IL NE RESTE PLUS AUCUNE TRACE DE CE VILLAGE ?

SI UN JEU DU ROI A BEL ET BIEN EU LIEU LÀ-BAS...
IL Y A DE GRANDES CHANCES QUE TOUS LES HABITANTS SOIENT MORTS !

AH !
FUIT
FUIT
INUTILE DE ME PRENDRE LA TÊTE AVEC ÇA MAINTENANT...
PLOF
LES CHOSES DEVRAIENT S'ÉCLAIRCIR SUR PLACE !
VRRR

VRRR
AN*PN
GARE DE XX,
PRÉFECTURE
DE XX.
BUS

LE VILLAGE DE YONAKI SE TROUVAIT AUTREFOIS SUR LE FLANC DU MONT YAKURA...
APRÈS LE COL, SEUL UN SENTIER PERMET D'Y ACCÉDER !
VRRR
CE HAMEAU PERDU AU FIN FOND DES MONTAGNES...
VRRR
A DISPARU DE TOUTES LES CARTES IL Y A 32 ANS...
VRRR

J'AI PU ME RENDRE À L'ENTRÉE DU COL SANS PROBLÈME, GRÂCE AU BUS...
MAIS ENSUITE, COMME AUCUN TRANSPORT PUBLIC N'ALLAIT JUSQU'À LA POSITION GPS TROUVÉE PAR YÔSUKE, J'AI DÛ FAIRE DU STOP !
VRRR
PAR CHANCE, UN CAMION S'EST ARRÊTÉ TOUT DE SUITE...
TU ES AU LYCÉE, JE PARIE !
TU N'AS QUAND MÊME PAS FUGUÉ, RASSURE-MOI ? AH, LA JEUNESSE...
HA HA HA !
HA HA...
VRRR

ÇA DEVRAIT ÊTRE PAR LÀ...
EXCUSEZ-MOI...
QUOI ?
TU AS BESOIN D'UN ARRÊT PIPI ?
NON... J'AIMERAIS DESCENDRE ICI !
VRAIMENT ?!
QU'EST-CE QUE TU VAS FAIRE DANS UN COIN PAREIL ?!
J'AI UNE AFFAIRE À RÉGLER...
MAIS IL N'Y A RIEN, PAR LÀ !
JE SUIS À LA RECHERCHE D'UN VILLAGE QUI N'APPARAÎT SUR AUCUNE CARTE...
DU NOM DE "YONAKI" !

VRRR
VRRR
EST-CE QUE VOUS EN AVEZ ENTENDU PARLER ?
UN BON CONSEIL, PETIT : QUELLES QUE SOIENT LES RAISONS QUI TE POUSSENT À ALLER LÀ-BAS...
TU FERAIS MIEUX DE REBROUSSER CHEMIN !
MAIS POURQUOI ?!
SI VOUS SAVEZ QUELQUE CHOSE SUR CET ENDROIT, DITES-LE-MOI !

CRIII
QU...

VRR
VRR
DES-CENDS !
BRR
BRR

MERCI DE M'AVOIR CONDUIT JUSQU'ICI !
PLOF
ÉCOUTE-MOI BIEN !
JE NE T'AI JAMAIS VU, JAMAIS PARLÉ ET JAMAIS PRIS EN STOP !
S'IL T'ARRIVE QUOI QUE CE SOIT, JE N'AI RIEN À VOIR LÀ-DEDANS, COMPRIS ?!
...
VRRR
C'ÉTAIT QUOI, CE CIRQUE ?

FIUUU
TAP
TAP
HAN
HAN
AUCUN ÉCLAIRAGE... J'AI BIEN FAIT D'EMPORTER UNE LAMPE TORCHE !
FRSH
FRSH
CLIC
FLASH

ブル
BRR
BRR
ブル
SI C'EST BIEN PAR LÀ...
COMMENT JE VAIS FAIRE POUR PASSER ?!

SÉ-RIEUX ?
PAS LE CHOIX, ON DIRAIT...
PLAF
CRRR
BON SANG !
FRSH
CRRR
GH... C'EST JUSTE !
PLOF

J'AI BIEN FAILLI RESTER COINCÉ ...
HAN
HAN
HAN

BIZARRE...
C'EST COMME SI JE VENAIS D'ENTRER DANS UN AUTRE MONDE !!

FSH
HAN
HAN
LE CHEMIN EST À PEINE PRATICABLE...
MAIS JE DOIS CONTINUER À AVANCER SI JE VEUX TROUVER DES RÉPONSES !

ALORS CE VIL-LAGE...
EXISTE VRAIMENT ...
TAP
TAP
TAP
TAP
GLOUPS
FRSH

AAAH!!
HAN
HAN
HAN
HAN
HAN
HAN

AAH!
VSH
バサ
VSH
バサ
ARGH!
ドテッ
FLAF
あああ
AAAH!
AAH...
AAH!

HAN
HAN
HAN
HAN
HAN
HAN
C'ÉTAIT SÛREMENT MON IMAGINATION...

ASSEZ PERDU DE TEMPS, AU BOULOT !
BIP
YÔSUKE M'AVAIT EN-VOYÉ DES CONSEILS...
YÔSUKE UEDA
YONAKI
※ COMME LES PORTABLES N'EXISTAIENT PAS IL Y A 32 ANS, JE SUPPOSE QUE LES ORDRES ONT ÉTÉ DONNÉS PAR COURRIER.
BIP
YONAKI
DANS UN HAMEAU PAREIL, C'EST SANS DOUTE LA MAIRIE QUI FAIT OFFICE DE POSTE. ORIENTE TES RECHERCHES DE CE CÔTÉ, TU TROUVERAS SÛREMENT QUELQUE CHOSE.
DES LETTRES VENANT DU ROI...

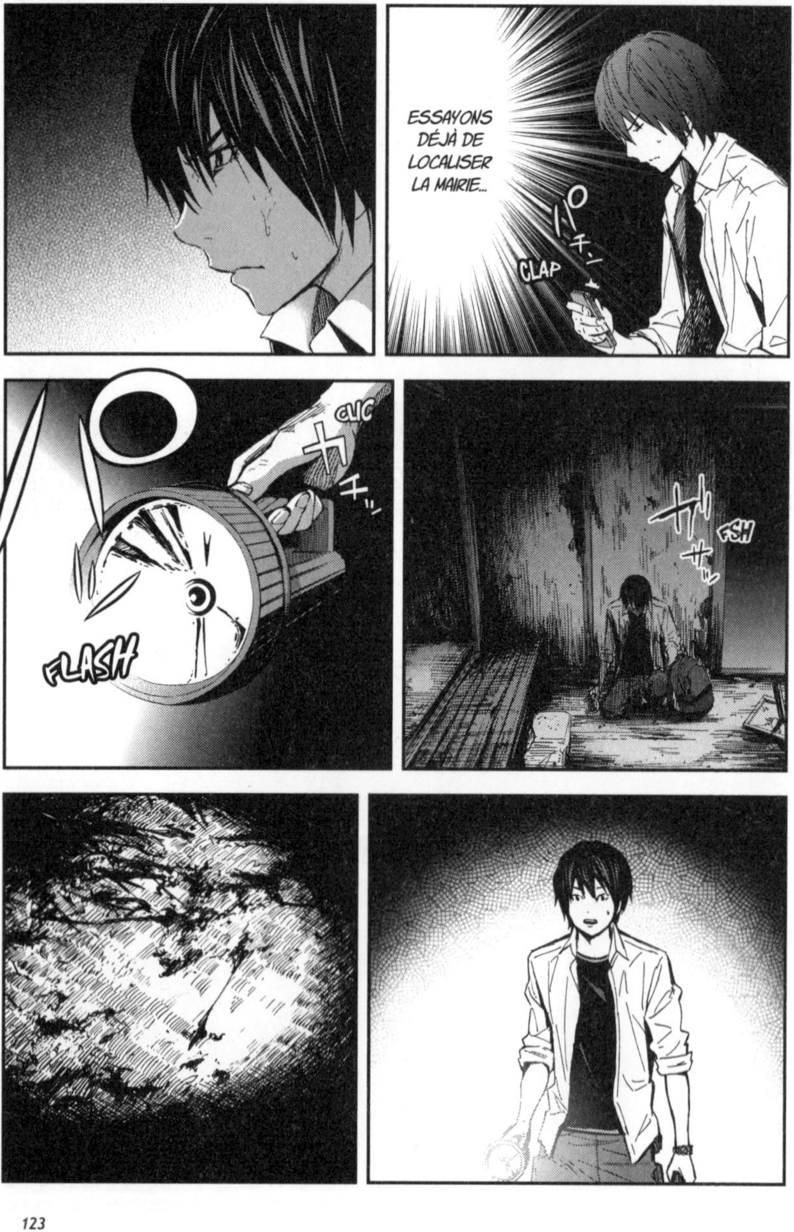
ESSAYONS DÉJÀ DE LOCALISER LA MAIRIE...
CLAP
FSH
CLIC
FLASH

AAH !
TAC
PLAF
HAN HAN
HAN HAN
YÔSUKE AVAIT VU JUSTE...
UN JEU DU ROI A BEL ET BIEN EU LIEU ICI !

TAP
TAP
ÇA DOIT ÊTRE LÀ...

CRIII
CRIII

TAP
TAP
FRSH
TIENS ? LES CASIERS À COURRIER ! JE VAIS Y JETER UN ŒIL...
FRSH
FRSH
COMPLÈ-TEMENT VIDES...
COM-MENT ÇA SE FAIT ?!
BAM
GLOUPS

QUI EST LÀ ?!
HAN
HAN,
PAS DE DOUTE, QUELQUE CHOSE ÉTAIT LÀ, À L'INSTANT !
BRR
BRR
BRR
CRIII

BRR
ÇA M'A FLANQUÉ LA TROUILLE...
BRR
BON SANG, QU'EST-CE QUE C'ÉTAIT ?!
BRR
ON AURAIT DIT QUE LE BRUIT VENAIT DE CETTE PIÈCE...
HAN
BRR
BRR
HAN
TAP
TAP

BOBOM
BOBOM
BOBOM
CLAC
BOBOM
BOBOM
BOBOM
BOBOM
BRR
CRIII
BRR
BOBOM

QU'EST-CE QUE C'EST QUE CE FOUTOIR ?!
BON... JE N'AI PLUS QU'À CHERCHER AU PETIT BONHEUR LA CHANCE !
FRSH
FRSH
FRSH
"AU SUJET DE L'AFFAIRE DES DÉCÈS EN MASSE AU VILLAGE DE YONAKI, PRÉFECTURE DE XX, EN 1978"...
ON DIRAIT UN RAPPORT DÉTAILLÉ DES FAITS QUI SE SONT PRODUITS ICI PENDANT LE JEU DU ROI !

DATE DE CRÉATION : 23/05/1995
LE DOCUMENT DATE DE 1995 ?
EN CLAIR, QUELQU'UN EST VENU ENQUÊTER ICI APRÈS LES ÉVÉNE-MENTS DE 1978... MAIS DANS QUEL BUT ?
UNE BLOUSE BLANCHE... ON SE SERVAIT DE CET ENDROIT POUR EFFEC-TUER DES RE-CHERCHES ?

国際中央医科大学
International central medical college
Honda Natsuko
本多 奈津子
"HONDA" ?
C'EST LE MÊME NOM DE FAMILLE QUE CHIEMI !
VRSH
QU...

PAF
BAM
PLAF
HAN
HAN
HAN
国際中央医科大学

GH...
AÏE ...
J'AI LES POIGNETS ATTACHÉS ?!
ÇA ME REVIENT... QUEL-QU'UN M'A FRAPPÉ...

GH...
MAIS QUI A BIEN PU FAIRE ÇA ?
C'EST LE ROI ?! IL EST ICI ?
EST-CE QU'IL A...
L'INTENTION DE ME TUER ?!
BRR
AAAAH !
À MOI, AU SECOURS !!
VENEZ M'AIDER !!
VSH
VSH
CLIC

JE PARIE QUE C'EST CE QUE LES AUTRES ONT DIT, EUX AUSSI !
ILS ONT DÛ SUPPLIER QU'ON LES ÉPARGNE !!
MAIS TOI...
TU LES AS TOUS TUÉS !!
MÊME YÔSUKE !!

AAAH !
VSH
ばっ
VSH
ドッ
PLAF
KAORI ?!
QU'EST-CE QU'ELLE FABRIQUE ICI ?!
KOF
KOF

ON M'A DONNÉ LE NOM DES PERSONNES QUI AVAIENT REÇU UN GAGE !
...
TU M'AS AFFIRMÉ QUE YÔSUKE ÉTAIT EN VIE...
ET QU'IL NE FALLAIT PAS LE DÉRANGER...
MAIS C'ÉTAIT UN MENSONGE ! VOILÀ POURQUOI JE T'AI SUIVI...
ET QUAND J'AI APPRIS QUE TU TE RENDAIS EN SECRET DANS CET ENDROIT TERRIFIANT, ÇA A CONFIRMÉ MES SOUPÇONS !

C'EST TOI, LE ROI !
ET JE COMPTE BIEN VENGER YÔSUKE DE MES MAINS !!
HAN
HAN
...
JE T'AI CACHÉ SA MORT, C'EST VRAI, ET J'EN SUIS DÉSOLÉ...
MAIS LAISSE-MOI TE DIRE UNE CHOSE...
SI JE SUIS VENU ICI, C'EST POUR CHERCHER DES INDICES QUI NOUS MÈNERAIENT AU COUPABLE...
PARCE QU'UN AUTRE JEU DU ROI A EU LIEU DANS CE VILLAGE IL Y A 32 ANS !!

LA PREUVE : REGARDE AUTOUR DE TOI !
QUELQU'UN S'EST SERVI DE CETTE PIÈCE POUR CENTRALISER TOUT UN TAS D'INFOS SUR LE JEU DU ROI !
INCIDENT DES MORTS EN SÉRIE INEXPLIQUÉES DE YONAKI
ET C'EST YÔSUKE LUI-MÊME ...
QUI M'A APPRIS L'EXISTENCE DE CET ENDROIT !!

IL M'A TRANSMIS SES COOR-DONNÉES JUSTE AVANT DE MOURIR !
IL A FAIT PASSER LES AUTRES AVANT LUI...
ALORS QU'EN VÉRITÉ...
C'EST SANS DOUTE TA VOIX QU'IL AURAIT VOULU ENTENDRE EN DERNIER !

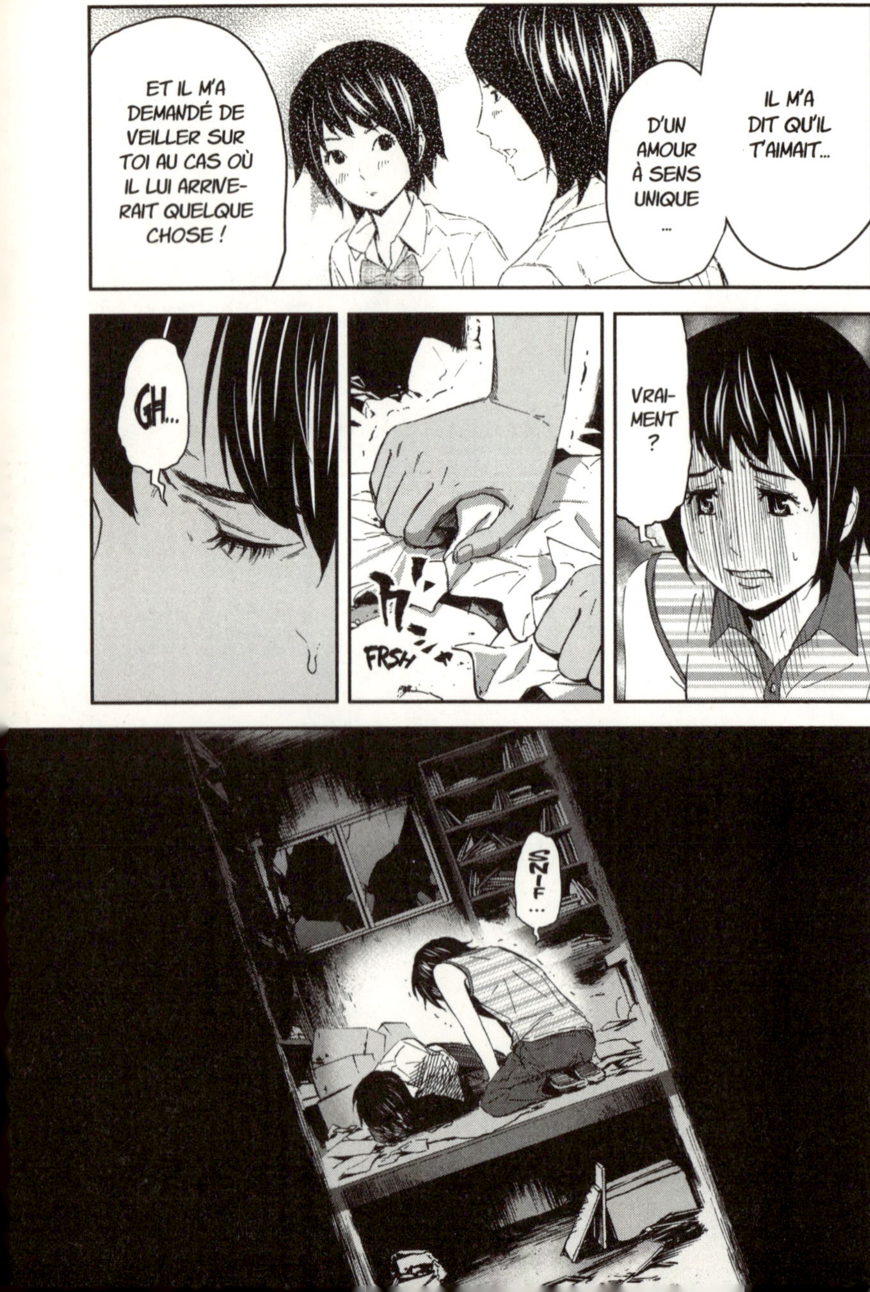
IL M'A DIT QU'IL T'AIMAIT...
D'UN AMOUR À SENS UNIQUE ...
ET IL M'A DEMANDÉ DE VEILLER SUR TOI AU CAS OÙ IL LUI ARRIVERAIT QUELQUE CHOSE !
VRAIMENT ?
FRSH
GH...
SNIF...

CRRR
PARDON D'AVOIR DOUTÉ DE TOI...
J'AI DÛ TE FAIRE MAL, TOUT À L'HEURE ...
CE N'EST RIEN, NE T'INQUIÈTE PAS...
TU N'Y ES PAS ALLÉE DE MAIN MORTE, POUR AVOIR AUTANT DE DIFFICULTÉS À ME DÉTACHER !
BIP BIP
BIP
BIP
BIP
BIP
?!
ON VIENT DE RECEVOIR UN MESSAGE TOUS LES DEUX ?
C'EST LE NOUVEL ORDRE DU ROI ?!
KAORI, QUE DIT LE MES-SAGE ?!
MONTRE-LE-MOI !
NON, JE DOIS D'ABORD TE DÉTA-CHER...
ON VERRA ÇA PLUS TARD...
JETTE UN ŒIL SUR TON PORTA-BLE !

GH...
C'EST TROP SERRÉ, JE N'Y ARRIVE PAS...
QUOI ?! MAIS...
?!
KAORI ?!
TU N'ES PAS EN TRAIN DE PLEURER, RASSURE-MOI ?!
NON, PAS DU TOUT...
MENTEUSE ! JE L'ENTENDS À TA VOIX !
PEUT-ÊTRE QUE... MONTRE-MOI TOUT DE SUITE CE MAIL !
IMPOSSIBLE, JE SUIS OCCUPÉE À DÉTACHER TES LIENS !
JE TE RÉPÈTE QUE ÇA PEUT ATTENDRE !
ET MOI, JE TE DIS QUE NON !
IL... IL NE ME RESTE PLUS BEAUCOUP DE TEMPS !!
À CE RYTHME, TU VAS RESTER LIGOTÉ ICI !
JE DOIS TERMINER AVANT QU'IL NE SOIT TROP TARD !

HAN
C'EST PAS VRAI !
HAN
ELLE VA RECEVOIR UN GAGE ?!
QU'EST-CE QUE JE SUIS CENSÉ FAIRE...
YÔSUKE ?!!
C'EST VRAI...
QUE YÔSUKE A DIT QU'IL M'AIMAIT ?
OUI, ABSOLUMENT...
IL M'A JURÉ QU'IL ÉTAIT DINGUE DE TOI !
IL NE PARLERAIT JAMAIS EN CES TERMES...

PEUT-ÊTRE...
MAIS SES SENTIMENTS POUR TOI ÉTAIENT CLAIRS COMME DE L'EAU DE ROCHE...
AUCUN DOUTE LÀ-DESSUS !
ÇA ME REND HEUREUSE...
PLAF
KAORI ?!
EH, TU M'ENTENDS ?!!

RÉPONDS-MOI !!
TU ME FAIS UNE BLAGUE, C'EST ÇA ?!
DIS-MOI QUE TU PLAISANTES !!
JE T'EN PRIE, NE MEURS PAS !
BIP BIP
HAN
AAH...
HAN
GH...
SNIF...

AAAH !
PAF
GH...
YÔSUKE, JE SUIS DÉSOLÉ...
JE N'AI PAS SU LA PROTÉGER ...
SNIF ...
PARDONNE-MOI !!

GH...
SNIF...
LIBRE À TOI DE MOURIR...
MAIS AVANT, DONNE-MOI LES LETTRES QUE TU CON-NAIS !
?!
COMMENT EST-CE QUE TU ES ARRIVÉE ICI ?!

C'EST SIMPLE ...
YÔSUKE AVAIT AUSSI ENVOYÉ SES INFOS À KAORI !
APRÈS AVOIR RÉCUPÉRÉ SON PORTABLE, J'AI COPIÉ CES DONNÉES...
EN PRENANT SOIN D'EFFACER LE MESSAGE EN-SUITE !
J'ÉTAIS EN TRAIN D'EXAMINER LES RAPPORTS DE RECHERCHE QUAND TU AS DÉBARQUÉ !
QU...

GRÂCE À ÇA, J'AI À PEU PRÈS COMPRIS CE QU'EST LE JEU DU ROI...
IL NE ME MANQUE PLUS QUE LES LETTRES !
DÉPÊCHE-TOI DE ME LES DONNER !
ELLES NE TE SERONT PLUS D'AUCUNE UTILITÉ, DE TOUTE FAÇON...
C'EST MOI QUI VAIS M'OCCUPER DU ROI !
HAN
HAN
TING
PLAF
AAAH !
ALLEZ...
FILE-LES-MOI AVANT DE CLAQUER !

GH... MA TÊTE EST SUR LE POINT D'ÉCLATER !
EST-CE QUE C'EST LA FIN ?! NON, JE NE VEUX PAS MOURIR !
HAN
HAN
SI TU NE ME DONNES PAS CES LETTRES, JE SERAI OBLIGÉE DE TUER NAOYA OU CHIEMI POUR M'EN EMPARER...
GH...
QU...
QUOI ?!
HAN
HAN
HAN
N, O, I, D, A, E... VOILÀ, TU LES AS TOUTES, ESPÈCE D'ORDURE !!

HAN
HAN
PLAF
PROMETS-MOI DE VAINCRE LE ROI !!
PARDON, CHIEMI... J'AURAIS VOULU TE REVOIR ET T'AVOUER MES SENTIMENTS À NOUVEAU...
NAOYA, JE TE LAISSE PRENDRE LE RELAIS...

TAP
TAP
TU EN AS ASSEZ FAIT, NOBUAKI !
HEIN ?
TU T'ES VRAIMENT BIEN DÉBROUILLÉ !
TU DOIS ÊTRE FATIGUÉ, MAINTENANT...
SI ON RENTRAIT ENSEMBLE ?
QUOI ?!
ON N'A PLUS BESOIN D'AVANCER ?
NON ...
ON EST ALLÉS BIEN ASSEZ LOIN !
JE VOIS...
ÇA ME SOULAGE ...

ÉLÈVE N° 12, NOBU... EST CONDAMNÉ À LA MORT PAR ARR... CARDIAQUE POUR NE PAS AVOIR EXÉCUTÉ LES ORDRES DU ROI.
-- END --
NON, C'EST IMPOSSIBLE !
NOBUAKI ...
A REÇU UN GAGE, LUI AUSSI ?!
NE T'EN FAIS PAS...
JE NOUS PRÉPARE UN FINAL ÉPOUSTOUFLANT !

À suivre dans le tome 5 de King's Game

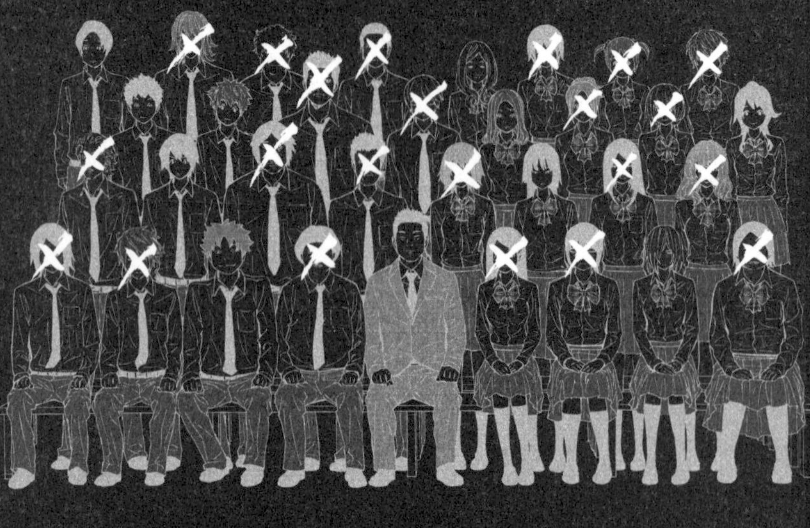

OUSAMA GAME Vol.4

First published by Futabasha Publishers Ltd. in 2010

The French language edition published by arrangement
with Futabasha Publishers Ltd., Tokyo
through Tuttle-Mori Agency, Inc., Tokyo

Édition française

Traduction :
Yohan Leclerc

Adaptation graphique :
Clair Obscur

ISBN : 978-2-35592-584-9
Dépôt légal : octobre 2013
Achevé d'imprimer en France par CPI Aubin Imprimeur

KING'S
GAME

KING'S
GAME
4

Dessin : Hitori Renda
Scénario : Nobuaki Kanazawa

LYCÉE PRÉFECTORAL DE TAMAOKA,
CLASSE DE SECONDE B
1 Shingo ADACHI
2 Toshiyuki ABE
3 Satomi ISHII
4 Hirofumi INOUE
5 Yûko IMOTO
6 Ria IWAMURA
7 Maki IWAMOTO
8 Yôsuke UEDA
9 Kana UEDA
10 Motoki USHIJIMA
11 Akira ÔNO
12 Nobuaki KANAZAWA
13 Yûsuke KAWAKAMI
14 Chia KAWANO
15 Akemi KINOSHITA
16 Mami SHIROKAWA
17 Daisuke TASAKI
18 Hideki TOYODA
19 Minako NAKAO
20 Misaki NAKAJIMA
21 Naoya HASHIMOTO
22 Nami HIRANO
23 Toshiyuki FUJIOKA
24 Chiemi HONDA
25 Yoshifumi MATSUSHIMA
26 Masami MATSUMOTO
27 Kaori MARUOKA
28 Yûsuke MIZUUCHI
29 Emi MIYAZAKI
30 Shôta YAHIRO
31 Hiroko YAMAGUCHI
32 Keita YAMASHITA

LISTE DES ÉLÈVES - CLASSE DE SECONDE B			
1	~~Shingo ADACHI~~	17	~~Daisuke TASAKI~~
2	Toshiyuki ABE	18	~~Hideki TOYODA~~
3	~~Satomi ISHII~~	19	Minako NAKAO
4	~~Hirofumi INOUE~~	20	~~Misaki NAKAJIMA~~
5	~~Yûko IMOTO~~	21	Naoya HASHIMOTO
6	Ria IWAMURA	22	~~Nami HIRANO~~
7	~~Maki IWAMOTO~~	23	Toshiyuki FUJIOKA
8	Yôsuke UEDA	24	Chiemi HONDA
9	~~Kana UEDA~~	25	Yoshifumi MATSUSHIMA
10	~~Motoki USHIJIMA~~	26	Masami MATSUMOTO
11	~~Akira ÔNO~~	27	Kaori MARUOKA
12	Nobuaki KANAZAWA	28	~~Yûsuke MIZUUCHI~~
13	~~Yûsuke KAWAKAMI~~	29	~~Emi MIYAZAKI~~
14	Chia KAWANO	30	~~Shôta YAHIRO~~
15	~~Akemi KINOSHITA~~	31	~~Hiroko YAMAGUCHI~~
16	Mami SHIROKAWA	32	Keita YAMASHITA

KING'S GAME

4

Dessin : Hitori Renda
Scénario : Nobuaki Kanazawa